きょうも天気

まど・みちお

至光社

もくじ

春

夏

秋

冬

絵——谷内こうた

きょうも天気

春

きょうも天気

花をうえて
虫をとる
猫《ねこ》を飼《か》って
魚《うお》をあたえる

Aのいのちを養い
Bのいのちを奪《うば》うのか

この老いぼれた
Cのいのちの慰《なぐさ》みに

きのうも天気
きょうも天気

草たち

草たちにとって
私《わたし》たちは
朝夕親しんでいる顔なじみらしいのに

通りかかるたびに
どんなに小さな一本の草でもが

やあ　おとなりさん！
と笑顔で手をふってくれるらしいのに

道のはた
家のまわり
どこもかしこもこの世は
そんな草たちばかりらしいのに

春の訪れ

太陽がうたう…
小鳥たちが咲《さ》く…
花々が照らす…
と言えば少量の嘘《うそ》と
少量の真実を伝えることになるが

もともと百万言が死力を尽《つ》くしたとて
「春の訪《おとず》れ」に届《とど》くわけのものでもない
「自然」はいつも遠いのだ
自身が自然でありながらまるで
それを忘《わす》れている人間の
「ことば」からは…
ゆびさす手の先に触《ふ》れると見えて
ひとりはるかなあの虹《にじ》のように

私の手の先には

むかし　幼《おさな》い私《わたし》の手の先には
いつもトンボやチョウチョウが
きらきらしていた
さわったり　さわらなかったりして…

きょう　ふり返ってみると
糸のように長い長い私の手の先では
タンポポの
ぎんのわた毛が舞《ま》い踊《おど》っている
何か私たちの知ることのできない
ひじょうに小さな遥《はる》かなものを
よびもどすための儀《ぎ》式《しき》のように

小鳥の声

ふと訪《おとず》れる
可憐《かれん》な自然の歌のひとふしは
間《ま》をおいて気がつくほどに
ふと…
かまけていた私事《わたくしごと》の嫌《いや》らしさを

まざまざと
思い知らせてくれて…

が　私とて時には
姿《すがた》の見えない声の主《ぬし》を空に
遠く見つめつづけることがある
可憐な自然の歌が
匂《にお》うばかりにやさしいあの
母なる自然の歌そのものであることに
気づいて…

小鳥たちの道

小鳥たちの道は自在《じざい》です
風はしる天の道へとつづいています
道がそこから始まる
かれらの家や村や町そのものも
休みなく　天をめざしつづけています

一本の木として
一むらの林として森として
そこに暮《く》らす数えきれない生命《いのち》たちの
オアシスでありつづけようと

母なる大地がこの星の幸せのためにと
朝夕ささげつづけているあの
天への祈《いの》りの光跡《こうせき》をなぞりながらに

夏

蝉の声

こんな町のまん中で蝉《せみ》の声？

と一しゅんとまどった
ネジじかけの玩具《おもちゃ》の蟬ではないのかと…
だがそんなことになってたまるか
というように亡《ほろ》びゆく地球一家の末っ子が
声ふりしぼるけなげな地球讃歌《さんか》は
いま懸命《けんめい》に調子をあげていく
しーんとした真夏のまひるの天地を
そのか細い一本の
眩《まばゆ》いばかりの命綱《いのちづな》にとりすがらせて…

はやくも七〇歳

あのねんがらねんじゅう裸《はだか》ん坊《ぼう》の
おてんとうさんの真下で
気安うぐうたら重ねさせて頂《いただ》いているまに
このちんぴらめも早七〇歳《さい》！
といってもおてんとうさんのお目には
ほんのちのみごにもなってないだろうが

でも気がつくのだこの朝夕
この禿頭《はげ》に
（この萎《な》えた脳《のう》ミソに）
ふく風さえがふいてくださっている…
ふる雨さえがふってくださっている…
ああ　もったいない
もったいない

てがふるえて

まともなじが　かけないが
うけつけなどでは
むりして　なまえをかく
みんなに　みられながら
となりのじと　ひかくしながら
あせりながら　しくはっく
じにならない　じをかくうち
しらぬまに　かってに

はじもかく
あせもかく
べそまでかきそうになり
てれかくしに
あたまも　かいて
かくもさまざまに　かけるとは
てんさいかもと　はなにもかけるが
かけがいもなく
じといえる　じをかくのは
とにかく　しっかく

本人注＝まど・みちおは手がふるえて字がよく書けません。

ヤグルマソウ

幼《おさな》い日に
私《わたし》が頬《ほお》ずりしたかったのは
うすむらさきの　ヤグルマソウだ
ふるさとのわが家の裏庭《うらにわ》に
空の匂《にお》いで咲《さ》いていた
見上げる顔に
届《とど》きそうで届きそうで…

あれから幾《いく》十年　今もそれは
このへんどこにでも咲いている
どうしてあんなに好きだったのだろう
としか思えなくなったのを悲しむ
このしょぼしょぼの老眼《ろうがん》に
あの日のままの　あのままの
はるかな　はるかな
うすむらさきに…

アリ

―長い近所づき合いのなかでも
一ばん古くからの
一ばんのチビの
あのアリの影《かげ》って見たことないなあ…

雪の一夜ふとそんなことを思った男が
いま日照りつづきの真夏の日々

そのことはまるで忘《わす》れて
アリの這《は》うじめんを歩きまわっている
時にはうっかり踏《ふ》んづけたりもして

男が生涯《しょうがい》を終わる日に
枕許《まくらもと》でかすかな声がしたが
男の声か空耳かは判《わか》らなかった
—アリの影って…

蟬

あ　蟬《せみ》が鳴いている！
と立ちどまってしばらく耳は傾《かたむ》ける
だがいそいそとそこに
見届《とど》けに行くことまではしなくなった

淋《さび》しく立ち去ろうとする胸《むね》の中で
突然《とつぜん》はげしく小さなアコーディオンが
のびちぢみしはじめる
どんなにのびちぢみしてみても
声の出ることのなかった
あの少年の日のメス蟬の悲しい腹《はら》が…

今とあの日の両方で鳴きしきる
オス蟬たちの大コーラスを浴びながらに

夏のはずれの

夏のはずれのとある小さなバス停
草の穂《ほ》にむれ遊ぶ風の子たち　それらに
いま夢中《むちゅう》で見とれている女子高生は

あれは新着新刊の「秋」を
立ち読みしているのだ
インクの匂《にお》いが懐《なつ》かしいのだ

バスを降《お》りた彼女《かのじょ》が　作者への
はるかな思いに浸《ひた》りながら
ひとりいそぐ家路が見えるようだ
今日という日の夕日に世にもやさしく
染《そ》め上げられているのが…

秋

きんの光のなかに

この世には草があるし木がある
というようにして鳥がいるし獣《けもの》がいる
というようにして日々が明けるし四季が巡《めぐ》る

というようにして私《わたし》とても生かされている
ふりそそぐ秋のきんの光のなかに
という思いに浸《ひた》れるのを幸せとして
この数かぎりない物事《ものごと》のなかの
どんなほかのものでもない
これっきりの
見えないほどの無いほどの
一粒《つぶ》として

秋日《しゅうじつ》

ひとが来ないと寂《さび》しい
当然のようで
ひとが来ると寂しい
嘘《うそ》のようで

ひとが帰ると寂しい
嘘がばれたようで

こんなようで寂しい
お迎《むか》えはどんなようでかと

妻よ

ここに　いないでほしい
べつに　ようじが
ないわけでも　ないのだが
いや　ここに　いてほしい
べつに　ようじが
あるわけでも　ないのだが

ここを　どこだかも　しらず
きみを　だれだかも　しらないでいる
この　わたしの　そばの　ここに

ここを　どこだかも　しらず
この　わたしを　だれだかも
しらないでいる　きみよ

もしも　ねがえるならばだ
えいえんの　なかの　はしっこの
この　ひとときに　もしも

難問

どんな七難《むずか》しいことを考えていたのか
どれだけ時間がたったのか
気がつくと窓《まど》の雨はきれいに晴れあがり
隣家《りんか》のアンテナにはいつのまにか
烏《からす》が一羽きてとまっている
烏めはあのまっ黒けをよくも
四六時中つづけていられるもんだと

まばたき一つして見直すともう
やつはかき消えているアンテナごと…
消えるのは鳥の勝手だが
アンテナは初めからなかったのだろうか
ならば空中にとまっていたのか！
なるほど　やつめ
その特技を吹聴《ふいちょう》したかったんだな
わたしはとじこめられていた難問《なんもん》の
出口に一ぴき
アリをみつけた気分で心なごんだ

はっとする

道を歩いていてはっとする
立て札の「ここにゴミを捨《す》てるな」に

電車に乗っていてはっとする
週刊誌《しゅうかんし》の吊《つ》り広告の「拾った大金ねこばば」に

家にねころんでいてはっとする
回ってきた回覧《かいらん》の「下着泥棒《どろぼう》にご注意！」に

国語辞典をめくっていてはっとする
目にとびこんできた一語「出歯亀《でばかめ》」に

夕刊ひろげていてはっとする
三面の「模範《もはん》教師高山植物を盗《ぬす》む」に

ああ　きりもなくはっとしては
ほっとする
よくもよくも俺《おれ》のことではなかったなと

散歩

散歩にきたはずの公園だが
二本足はまずベンチを探《さが》すらしい
その義足《ぎそく》をかりて四つ足をとりもどし
やっとこさ生き物の顔にかえれている
あたり見まわしなにやら
しみじみと懐《なつ》かしげに…

—草の葉のそよぎ…
雲に頬《ほほ》よせて恥《は》じらう梢《こずえ》…
ひとり空わたる鳥影《かげ》…
水音…

どのひとつとて
はるかな昔《むかし》のおなじ先祖《せんぞ》につらなる
わが身内でないものはないことに…

虹《にじ》

もしも人間のほかには
何も棲《す》んでいないのであれば

こんな穢《けが》れはてた星に
いっときとて
止まっていなさりはしないだろうに

穢しの張本人たちの頭上を
きょうもあなたは飾《かざ》って下さっている
そんなに　ひっそりと
お黙《だま》りのまま…

冬

霜柱《しもばしら》

子どもたちが水晶宮《すいしょうきゅう》を踏《ふ》みくだくのは
中に囚《とら》われている
天の音楽を　助け出したいのです
ざっくざっく　ざっくざっくと
解き放たれた音楽たちは

親愛こめて子どもたちの足にとりすがり
腹《はら》へ胸《むね》へ頸《くび》へ顔へと這《は》いのぼります
そして頭から
天へと帰っていく道すがら
うち振《ふ》る銀の手からはきらめく合図が
千万みじんに舞《ま》い散り
子どもたちの笑顔に降《ふ》りかかります
—またくるからね　またくるからね…

霜《しも》の朝

―工藤直子さんへ―

起きぬけの湯呑《の》みに熱い湯をいれ
両てのひらで抱《だ》きしめる
目をつぶる
中に一つぶ沈《しず》めたあのひと手作りの
梅干しの香《かお》りが

ゆげとなって私《わたし》の顔をなでまわす
世にも親しげにそのしわしわを
私は微笑《ほほえ》む　この老人の幸せな今を
知る由《よし》もない若《わか》いあのひとの
今ただ今を…
いつどこでの記憶《きおく》なのやら申し訳《わけ》なくも
うろ覚えの　でもあのひとらしい
空のあっち
見ていなさるプロフィルにして

気がつくことがある

あることを思いだしていて
あ　あの時…　と気がつくことがある
—雪がちらちらふっていた…
—暑い日だった蟬《せみ》がないてて…　などと
関わっていたその時のその事を私《わたし》ごと
抱《だ》きかかえていて下さった天の
大きなさりげないやさしさに…

ああしていつだって天は
立ち会っていて下さったし下さるのだ
生きて関わるかぎりの
この世のすべての生き物の
どんなときどんな所でのどんな小さな
「私事《わたくしごと》」をでも　天ご自身の
かけがえない「我《わ》が事」として

臨終《りんじゅう》

神さま
私という耳かきに
海を
一どだけ掬《すく》わせてくださいまして
ありがとうございました
海
きれいでした
この一滴《いってき》の
夕焼を
だいじにだいじに
お届《とど》けにまいります

冬至《とうじ》

しんしんと雪ふる夜《よる》
柚子《ゆず》湯にひたり
目をつぶり　耳すます
安らかな寝息《ねいき》のようにつづいている
この地球の自転公転に

いつかどこかでたしかに
こんなぐあいにひとり

耳すましていたが　あれは
母のお腹《なか》でだったろうか　私《わたし》はそこで
けなげにも　魚から鳥になり
鳥からけものになり　人になったが
億万の先祖《せんぞ》の記憶《きおく》！　におしつぶされて
今や私自身の記憶はかけらもない

湯からあがり
葛《くず》湯をすすり　鼻のさきに
来ている小さな　わが行《ゆ》く末に
会釈《えしゃく》ひとつして床《とこ》に入る

初冬の空で

鉛《なまり》色の初冬の空で葉を落とした木たちが
大小無数の枝々はって競い合っている
サクラ
ケヤキ
イチョウ
クヌギ
ユリノキ
………

めいめいに個性のかぎりをつくし
蝶《ちょう》をむかえる花のようでありたいのだ
明日《あす》にもおとずれる
雪や
霰《あられ》や
霙《みぞれ》たち
あのはるかな
宇宙《うちゅう》の可憐《かれん》な使者たちに…

初出一覧

きょうも天気	「プリーツ」第4号（木坂涼氏の個人誌）一九九四年
*草たち	一九七五年夏号
*春の訪れ	一九七七年春号
*私の手の先には	一九七六年夏号
小鳥の声	書き下ろし
*小鳥たちの道	一九七六年春号、大幅に加筆訂正
*蟬の声	一九七九年夏号の「蟬」に大幅に加筆訂正
はやくも七〇歳	書き下ろし
てがふるえて	書き下ろし
ヤグルマソウ	「文藝春秋」（文藝春秋）一九九三年六月号、のちに全面的に改作
*アリ	一九八一年夏号、大幅に加筆訂正
蟬	書き下ろし
*夏のはずれの	一九七六年秋号の「風の色に」に大幅に加筆訂正
きんの光のなかに	書き下ろし

＊秋日	一九八一年秋号
妻よ	「天使2」(中川肇氏の個人誌)一九八〇年三月、末連はあとで追加
難問	書き下ろし
はっとする	「朝日新聞」(朝日新聞社)一九八一年八月一日夕刊、一部訂正
＊散歩	一九七五年秋号の「森のベンチ」に大幅に加筆訂正
＊虹	一九七七年夏号
＊霜柱	一九八一年冬号
霜の朝	書き下ろし
気がつくことがある	書き下ろし
臨終	「日本現代詩の六人」(The Morris-Lee Publishing Group) 一九九九年
冬至	書き下ろし
＊初冬の空で	一九七八年冬号の「裸木」に大幅に加筆訂正

＊は季刊誌「ひろば」(至光社)、一九七五年～一九八一年に連載

まど・みちお

一九〇九年一一月、山口県徳山市に生まれる。二五歳のとき雑誌に投稿したのがきっかけで、「ぞうさん」「やぎさんゆうびん」「ふしぎなポケット」などの童謡を次つぎと発表。五九歳のとき初めての詩集『てんぷらぴりぴり』(大日本図書)出版。一九九四年国際アンデルセン賞作家賞、一九九八年度朝日賞などを受賞。

主な詩集に『風景詩集』(かど創房)、『ぼくがここに』(童話屋)、『まめつぶうた』『しゃっくりうた』『いいけしき』『ぞうのミミカキ』『メロンのじかん』(以上、理論社)など。

現在、神奈川県川崎市在住。

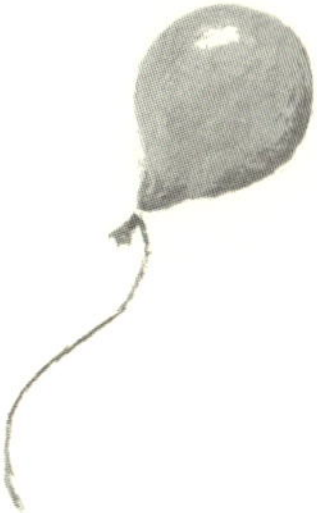

谷内こうた

一九四七年一〇月、神奈川県川崎市に生まれる。

一九六九年、初めての絵本『おじいさんのばいおりん』(至光社)出版。『なつのあさ』(至光社)で一九七一年ボローニャ国際児童図書展・グラフィック賞、『のらいぬ』(至光社)で一九七九年ブラチスラバ世界絵本原画展(BIB)金のりんご賞、『にちようび』(至光社)で一九九八年スイス・エスパースアンファン賞をそれぞれ受賞。

ほかの作品に『ふしぎなおじさん』(講談社)、画集『ノルマンディ便り』(求龍堂)など。

現在、フランスのルーアン市郊外在住。

きょうも天気

二〇〇〇年一一月　初刷

詩　まど・みちお
絵　谷内こうた
編集　市河紀子
発行者　武市八十雄
版元　有限会社　至光社
〒150-0012　東京都渋谷区広尾二一一〇一一二
電話(〇三)三四〇〇一七一五一
FAX(〇三)三四〇〇一七二九四
振替　〇〇一二〇一七一六八七九九
印刷所　凸版印刷株式会社
製本所　大紙産業有限会社
万一、落丁・乱丁の場合はお取り替えいたします。

ISBN4-7834-0266-3
ホームページ　http://www.ehon-artbook.com/